La gra

panthère noire

TEXTE DE P. FRANÇOIS

IMAGES DE L. BUTEL

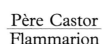

Père Castor
Flammarion

© Flammarion 1968 pour le texte et l'illustration
© Flammarion 2011 pour la présente édition
Imprimé en France – ISBN : 978-2-0816-6010-6

La Grande Panthère Noire a une faim terrible.
Elle sort de la jungle pour chasser.

Elle rencontre un lapin :
elle le mange.

Elle rencontre un petit cochon :
elle le mange.

Elle rencontre une vieille chèvre :
elle la mange.

Elle rencontre une grande vache :
elle la mange.

3

Alors là, ça ne va plus !

4

Les braves villageois ne sont pas contents.
(Ce sont des hindous de l'Inde.)
Ils prennent leurs fusils
et ils partent à la recherche
de la Grande Panthère Noire,
en entonnant leur chant de guerre
pour se donner du courage.

Les jeunes gars du village marchent devant.

Le vieux chef marche derrière.

Il découvre bientôt la piste de la Panthère
en suivant les traces
de ses grosses pattes noires sur le sable.

Le vieux chef a épaulé son fusil...
Pan-Pan !
Il a tiré au hasard.
Manquée la Panthère Noire !

Mais où est-elle donc ?

Les jeunes gars du village se retournent au bruit,
et que voient-ils juste derrière le vieux chef ?
La Grande Panthère Noire
qui renifle et qui fait « Miam Miam »
en ouvrant une gueule comme ça.

Alors le plus brave des chasseurs
se sauve à toutes jambes
et les autres le suivent... en tirant
des coups de fusil à tort et à travers.

La Grande Panthère Noire,
qui n'aime pas beaucoup le bruit du fusil,
se sauve aussi...

Les braves villageois ne vont pas bien loin,
car ils ont très envie de la belle fourrure noire
de la Grande Panthère Noire.
Ils font un feu et se reposent avant de repartir.

Et puis la chasse continue.

La Grande Panthère Noire fait le tour
d'un petit bois de figuiers banians
pour surprendre les braves chasseurs,
mais les braves chasseurs courent derrière elle.

Quand les **chasseurs** sont d'un côté du bois,
la Grande Panthère Noire... est de l'autre côté !
Si bien qu'ils tournent autour du petit bois de figuiers banians
un jour, une nuit, une semaine, des mois...

Tout de même, au bout d'un an,
la Grande Panthère Noire se dit :
— Il faut en finir,
j'ai maigri de 100 livres
à force de tourner en rond
sans rien manger ! Si ça continue,
les chasseurs auront ma peau
sans tirer un coup de fusil.

Alors, au trot, la voilà partie tout droit vers le Nord !

Les braves chasseurs courent toujours derrière elle,
en suivant les traces de ses grosses pattes noires.

La Grande Panthère Noire franchit l'Himalaya, le Tibet,
la Mongolie, la Muraille de Chine et la Sibérie.

Et les braves chasseurs franchissent, eux aussi, l'Himalaya,
le Tibet, la Mongolie, la Muraille de Chine et la Sibérie.

Enfin, la Grande Panthère Noire
arrive sur une banquise.

Elle rencontre

un ours blanc,

un phoque gris,

un hareng :

elle les mange.

18

Les braves chasseurs la suivent toujours.

Mais voici que la neige se met à tomber à gros flocons.

La Grande Panthère Noire devient toute blanche,

et comme elle est
toute blanche
sur la neige blanche,

les chasseurs
ne peuvent plus la voir :

Pfft... plus de panthère !

Les pauvres chasseurs
sont bien étonnés ;
tête basse,
et très tristes,

ils rentrent chez eux...

21

En arrivant, ils apprennent que la Grande Panthère Noire
est déjà revenue et qu'elle a mangé :
un lapin, un petit cochon, une vieille chèvre...

Alors là, ça ne va plus !
Mais alors, plus du tout, du tout,
du tout !

Les villageois ne sont pas contents.
Ils prennent leurs fusils
et ils partent à la recherche

de la Grande Panthère Noire
en entonnant leur chant de guerre
pour se donner du courage.

Imprimé par Pollina, Luçon, France – 06-2012 – Dépôt légal : Janvier 1996 - L61267
Éditions Flammarion (N° L.01EJDNFP6010.C008), Paris, France
Loi n° 49-956 du 16 juillet 1949 sur les publications destinées à la jeunesse.